詩控城市

亮孩——著

亮孩

亮孩，大多時候是新竹人，長不大也不想長大。

喜歡玩、愛亂寫，關心社會也關心晚餐要吃什麼，愛護地球更愛護身邊的人。

拚命思考、捍衛善良，努力實踐「勇敢是一種選擇」的生命態度。

著有知名詩集《詩控城市》（就是手中這本，希望它很知名）

推薦序

這是一本讓孩子成為詩人的詩集。

詩人關心被綑綁的風箏、沒人為它等待的站牌、失蹤的貓、紅綠燈有情緒、說謊的路人、能把愛框住嗎、當一個人有病的時候、老人、關於門的選擇題、無法左右的電梯，以及，那些等待被挖掘的事物的靈魂。

於是，孩子的詩成為我們這些活在恐懼、失愛、紙醉金迷的大人世界的救贖。於是，我們得以歡欣這世界還留有二行詩，因為，詩歌將所有被囚禁的靈魂釋放開來了。

詩人　瓦歷斯・諾幹

每個人心中都有一首詩，生命的感動和思考，本身就是進行詩意的過程。不同年齡層所表現的詩，是對環境的覺察經驗透過書寫展開抽象思維，而這抽象是更高層次的文字化學作用。

孩子們越早接觸詩，是有助於成長過程中，兼具理性和感性最好的自我對話，而這起點也是馬斯洛提到人的五個需求層次的最高階：自我實現需求。

所以詩的創作不僅只是語文寫作，更重要的是顯現人的自尊與價值。

詩人　張芳慈

在這座詩控的城市裏／我們肩並肩在騎樓下躲雨／你說不知道什麼時候太陽才會露臉／我抬頭看向從積雨雲落下來的文字／優雅地滑過屋簷／在行人的傘上跳舞

我想著就這樣淋溼也很好／如果牽起你的手往外奔跑／一直前進／時間會在我們的身上寫下／怎樣的詩句

詩人　徐珮芬

文友瓦歷斯·諾幹曾提倡寫兩行詩，為現代詩設下界線，讓詩意得以在形式內迸發。

如今，兩行詩的美與意涵，更璀璨的顯現於此，孩子兩行詩的呈現，帶著對人生的感悟，帶著雋永的韻味，讓人反覆咀嚼迴盪不已，也讚嘆孩子是天生詩人。

教育家／作家　李崇建

文學是用B講A，文學是用科學寫人學。文學是節奏是音樂，文學是有意思。這些文學的基本功，在練習二行詩時，都能內化。

但是，詩最難，詩是貴族的文類。除非天才，一般人需要懂教學語言的詩人引導，否則二行詩練半天，只會留下二行淚。

這本少年詩人的美感爆發，是提升青少年想像力的上乘讀物，更是老師們帶學生進入詩領域的好書，淇華真心推薦之。

教育家／作家　蔡淇華

編者序

如果說小說寫人性、散文寫情感；詩，寫的就是靈魂了。

約十年前，瓦歷斯．諾幹老師帶起「二行詩」風潮，讓詩與人的距離又更近了些。

一群才華出眾、熱愛創作的孩子，帶著詩心在城市的每個角落，埋下令人驚豔的二行詩；我將它們一首首挖掘出來、成冊出版，將現實的膿包戳破，將人們的靈魂淨化。

隨著這本詩集，我們在這座失控的城市裡，一起重生。

主編　彭瑜亮

目　次

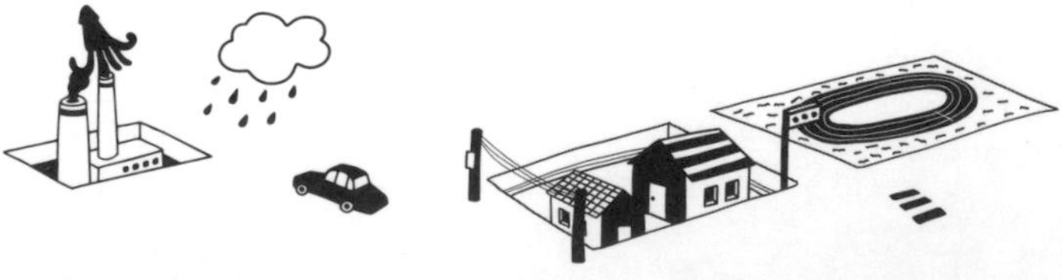

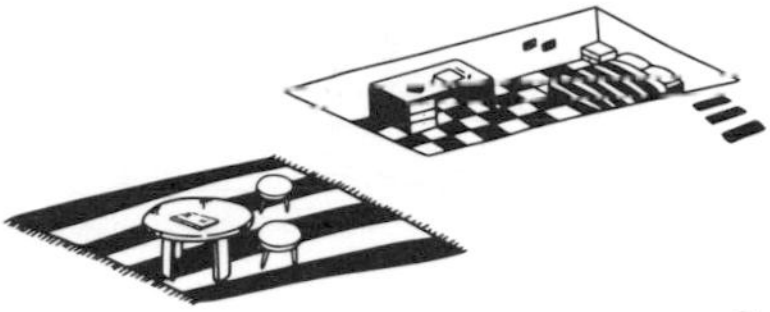

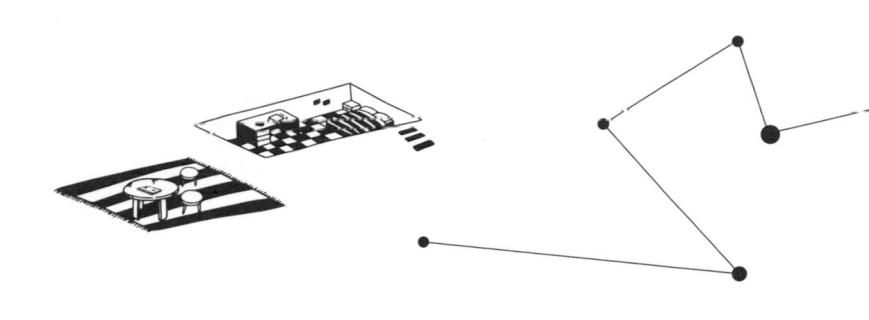

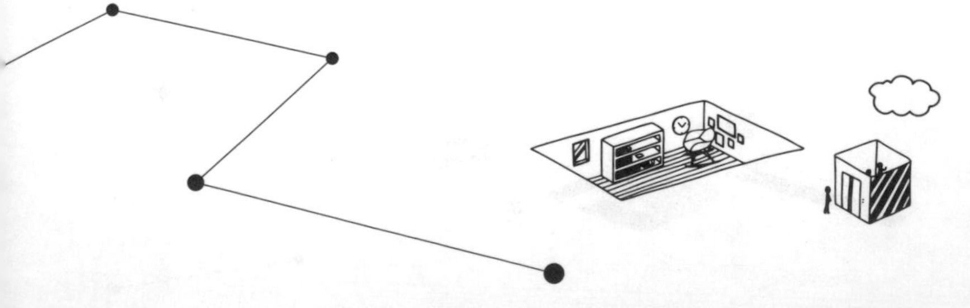

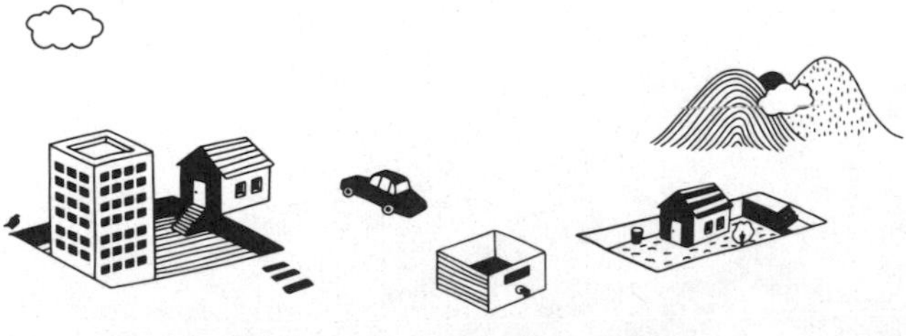

〈路燈〉

晚安
是我在入夜前對你說的謊

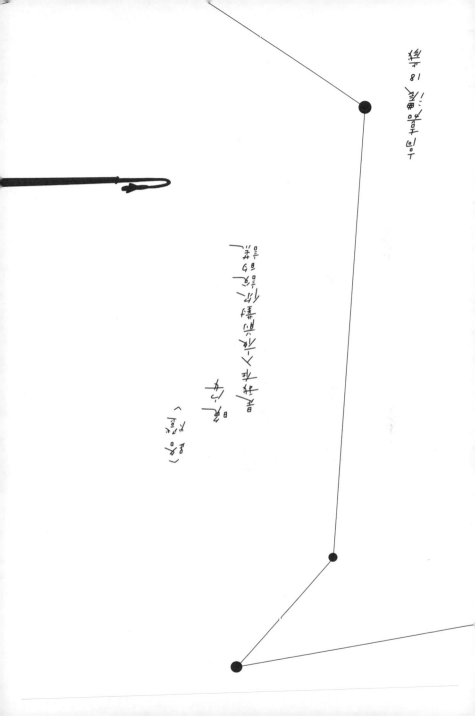

高嘉濃 18歲

22

白紙

張晴瑜 17歲

多少真心話
都吞了回去

烏賊

喝了一肚子墨水
吐出你也看不懂的文字

郭佾昊 11歲

陳玟蓁 17歲

鏡子

我看著你，笑了
你看著我，也只能笑了

電梯

直立的社會
無法左右的人生

25

黃品蓉 14歲

神明廳

曾和謙15歲

啜飲空洞朱紅的燈火
釀成的，陳年守候

灰沙發

水泥叢林裡最柔軟的一片雲
你識得我的輕

林芯平 17歲

Siri

別逼我說出
你要的溫柔

原木桌

摸了摸那猙獰的傷口
十年寒窗又怎能和你百年修煉相比

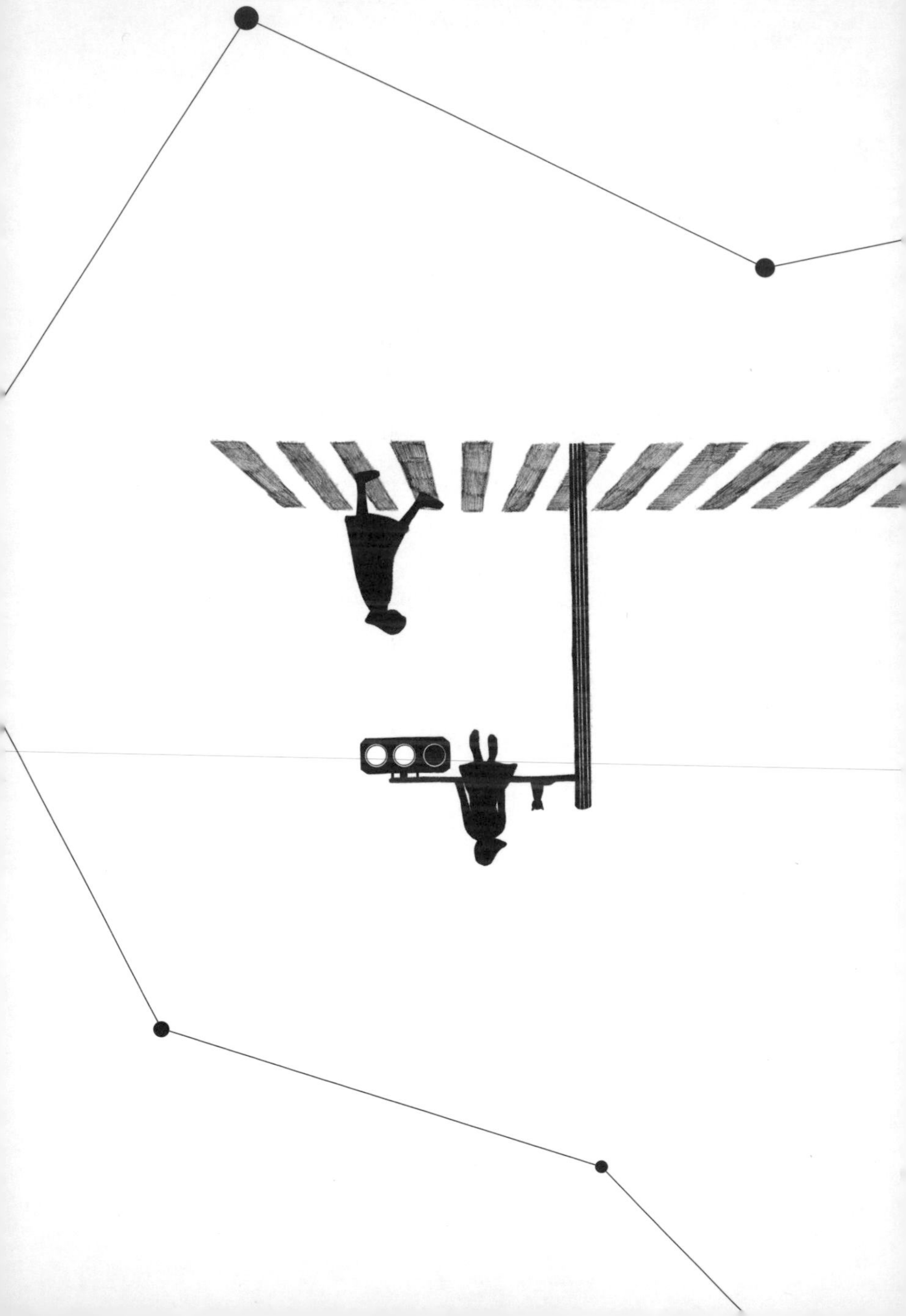

〈紅綠燈〉

你從來只願偶爾停留

在我紅了眼的時候

林佩妤 16歲

謝有童 17歲

眼鏡

透明玻璃外的世界
是否真如所見，清晰？

33

林思瑀 17歲

城市

弒塵

麻雀

朱鈺騰 16歲

低頭，虔誠的
啄食世界的憐憫

搖椅

我輕輕地搖
你悄悄哄我入夢

老招牌

林佳伶 13歲

你賦予這棟廢墟
一個意義

衣櫃

躲進淡淡瑪瑙的柚木
撥開層層薄紗的童話

張靖晨 12歲

羅奎翔 13歲

時鐘

在牆上傲視
束縛著人的一舉一動

肥皂

在水中化為泡沫
一心與灰塵奔向不朽的童話

林奇陞15歲

40

霓虹燈

林芸安 14歲

閃爍其詞
卻又毫不掩飾

馬桶

身價越來越高
吃的東西也越來越好

張采文 12歲

火車站

長長的思念
誰是你的等待？

書櫃

捨不得忘記的童話
待長大的你前來回味

姜欣蕙 15歲

〈單人床〉

每天向你證明一次

你不孤單

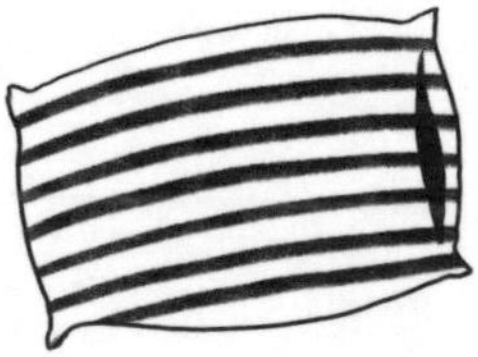

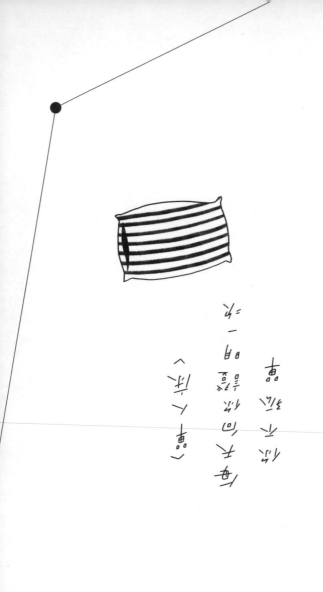

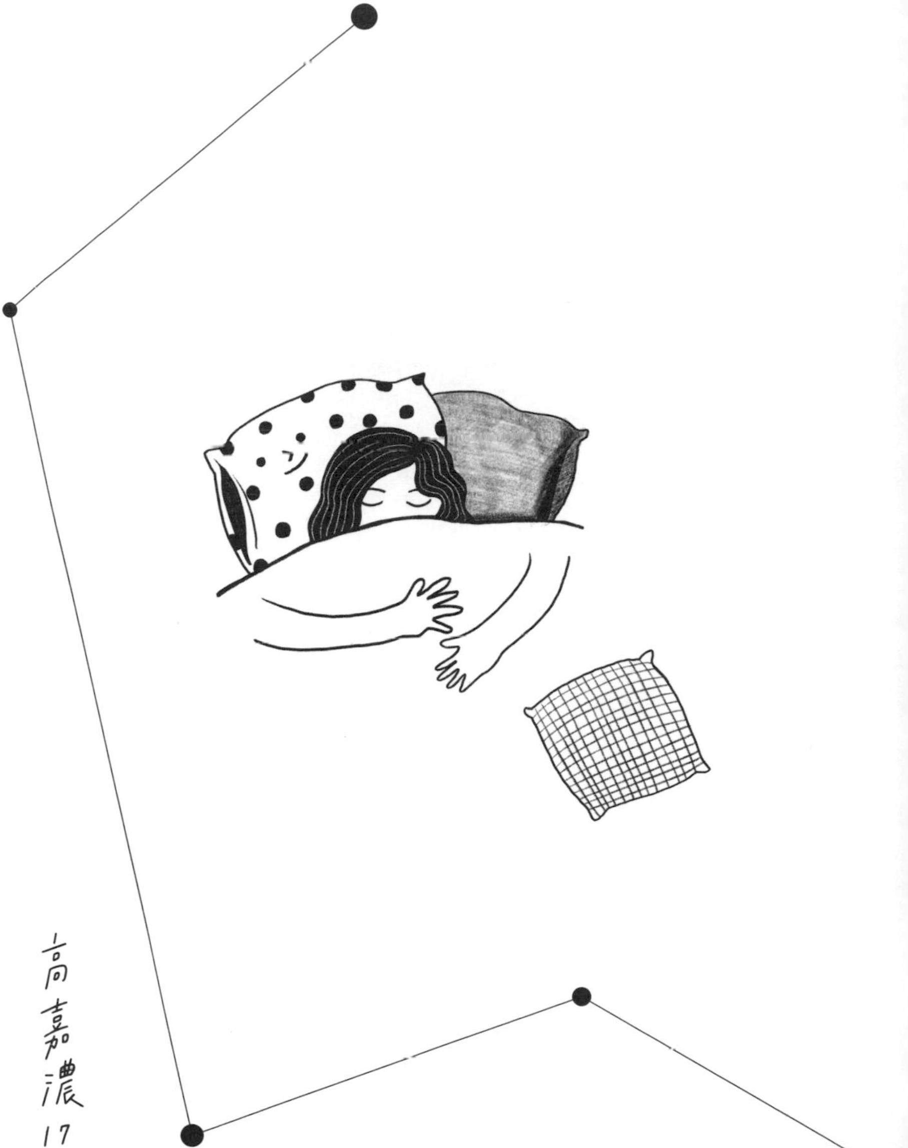

高嘉濃 17歲

聯絡簿

林煦洋 17歲

每頁斑斑的血跡
是我年少的猖狂

操場

除了紅土
還有我追著妳的腳步

李婷穎 17歲

曾子容 12歲

書籤

孤獨的落葉
在文字間流浪

梳子

輕咬時光，為你鬆開
纏繞的糾結

黃譓娟 17歲

城市

邱語彤 18歲

開著燈睡吧！
我怕月亮會孤單

鳥

在自私中閃躲
那傲人的自由

周昀妍 12歲

葉肯嘉 16歲

腳踏車

妳的盈盈笑靨
將我捲入青春的漩渦

雕像

沉默的姿態，其實
是最好的裝飾

顏定緯 14歲

〈風箏〉

被繩子綁著

是為了能安心飛翔嗎？

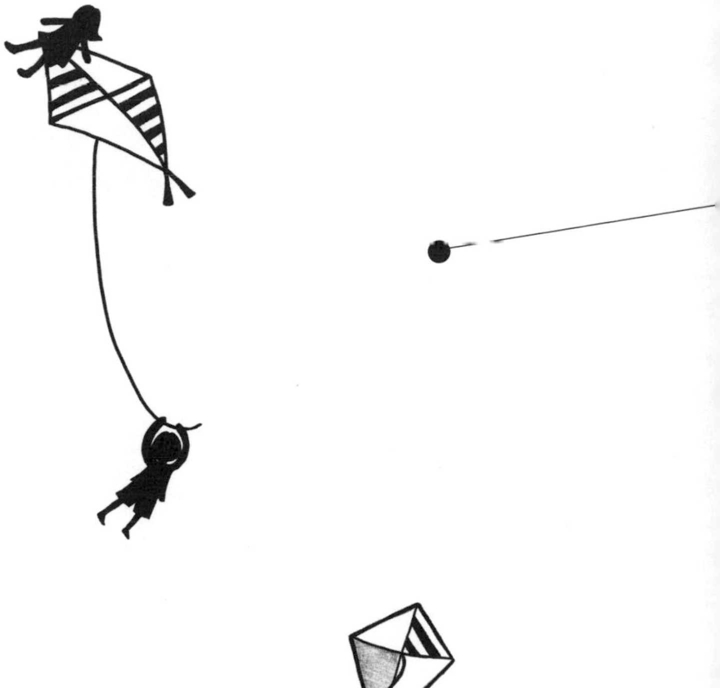

侯姵榛 9歲

重機

王苡儒 15歲

震耳欲聾，只因
這城市太寂寞

二手菸

一起嚐嚐
我的寂寞

劉咨佑 18歲

霾

李冠穎 14歲

你輕輕地來，正如你輕輕地走
我，毫無抵抗力

陳昱瑋 17歲

網際網路

看向窗外無限風景
人們獨居象牙塔頂

王媜妍 18歲

日落了

蒼老的手緊握將熄的菸
一片漆黑的城市

舊屋出租

時光悄悄剝落
回憶早已貶值

楊倢綺 17歲

黃暐智 17歲

公車

不斷奔走，盼著
為你駐足的片刻

行道樹

努力在夾縫中求生，因為
你知道這裡不屬於你

劉侑晉 14歲

都市更新

馮栴祺 14歲

斑駁的磚牆，守護著
老舊的記憶

酒罐

踩得扁扁

才能站得更穩嗎？

林思瑀 17歲

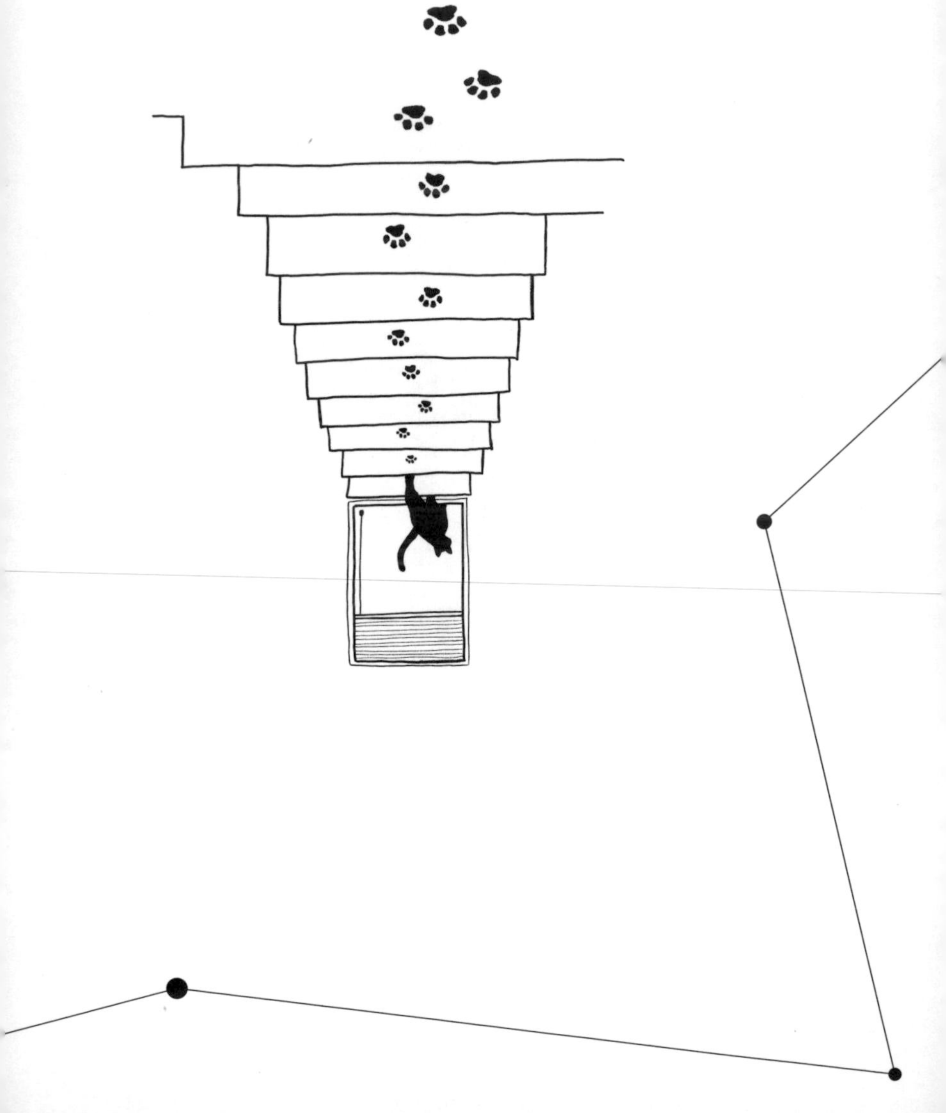

〈尋貓啟事〉

別離 早已泛黃

你卻依舊清晰

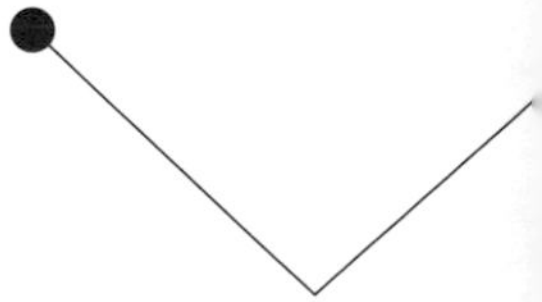

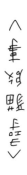

范筠筠 18歲

垃圾袋

陳品蓁 11歲

被拋棄的回憶
我來收藏

手機

從黑白的真實世界，走進
彩色的虛擬人生

楊凱茵 12歲

資源回收

朱晏祺 11歲

你曾經被丟棄
也曾經被愛惜

口香糖

再多火辣的吻
終究被無情地唾棄

古月岑 15歲

張于文 15歲

綠色隧道

吸著紛亂的喧囂
吐出一片短暫的靜謐

停車

在規定的條條框框中
找尋暫存的夾縫

許叡昇 17歲

何其駿 15歲

紅綠燈

換個燈吧！
讓城市換口氣

招牌

是不是朋友？
就在你看我的瞬間

李卄
14歲

〈婚紗照〉

被框住的你們，

幸福嗎？

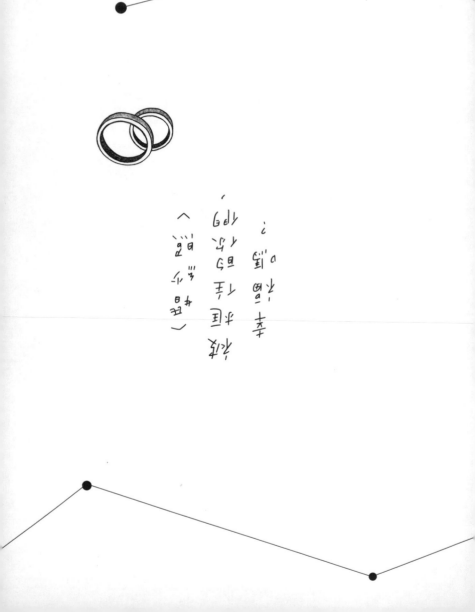

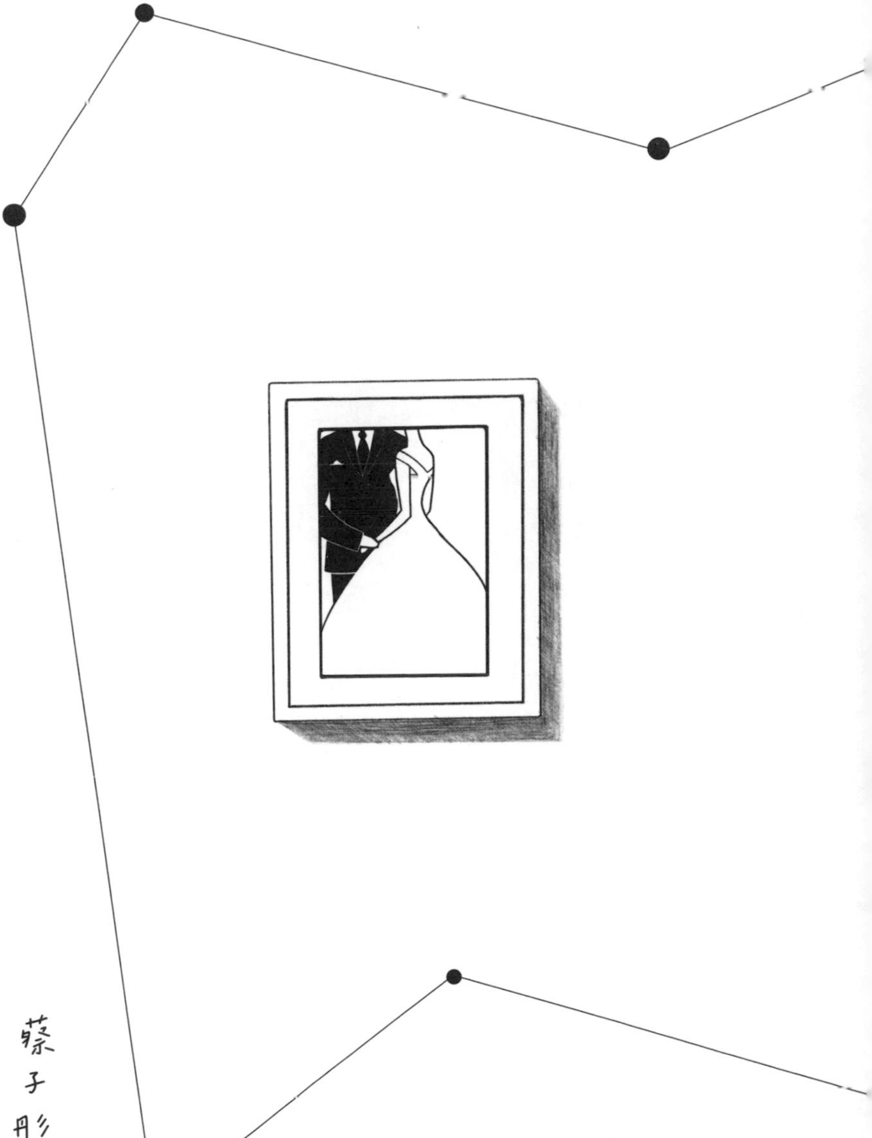
蔡子彤17歲

自動門

許肇益 16歲

他要走了
但我沒有選擇

酒瓶

空蕩的心
支離破碎

鄭禹竑 15歲

蔡僑陽 13歲

老路燈

你依舊走過
我不再發光的夜裡

鬧鐘

李冠諭 18歲

失眠 一二三四五六七
倒數 七六五四三二一

售屋廣告

周姮均 13歲

默默找尋
對家的渴望

手機

你追逐自我，但
你放得下我嗎？

張傑 16歲

廖昱恩 11歲

廣告架

曾經閃亮的夢想
只剩一無所有的空虛

衣架

站在門口遮上厚厚的溫暖
等你黃昏將一身的疲倦交還給我

蔡君霈 17歲

〈公車站牌〉

只能等待

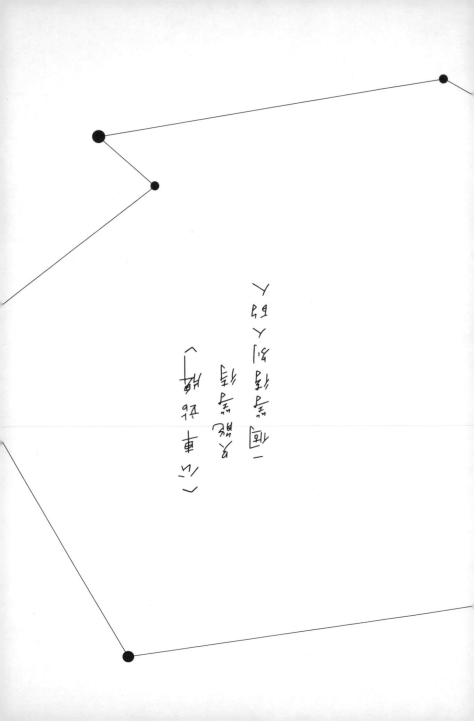

一個等待別人的人

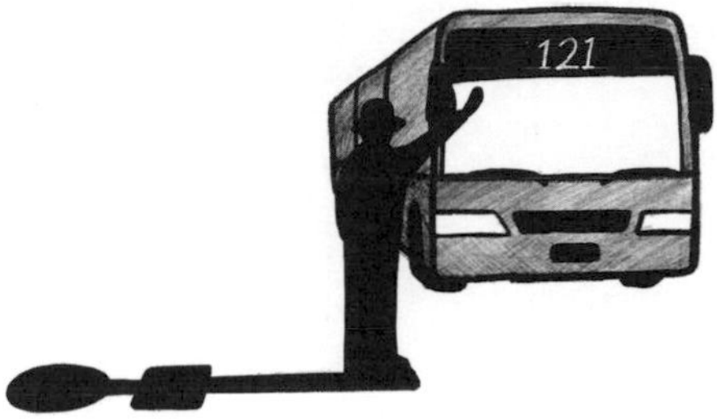

王苡儒 15歲

床

雷子頡15歲

輕輕地承載著疲憊
織成一朵潔白的夢，給你

地毯

柔軟的蒲公英
為何離不開大地呢？

陳苡溱 12歲

水溝

黃竫恩 12歲

混濁的抱怨
誰聽得見？

雨

失落的水滴
等待太陽召回

郭以晴 14歲

余亮晨13歲

隧道

用黑暗
等待光明

停車格

心中的位子始終留給
你的離開

張靖　17歲

衣架

為你挺起肩膀
為你打理四季

魏宥芸 15歲

黃家騫15歲

重機飆速

肩頭，如此沉重
但風，叫我不要停留

呂芹安 16歲

護城河

是你保護了我
還是我囚禁了你

天橋

打著天空的名字
你不只是殞落的鵲橋

李佳謙 16歲

〈養老院〉

被時光弄丟的自己

失物招領

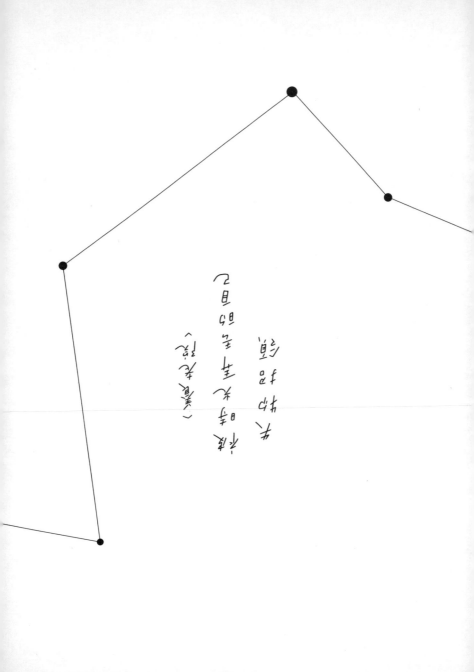

李冠諭 18歲

黃敬媛
14歲

斑馬線

人生的黑與白
一步步跨過

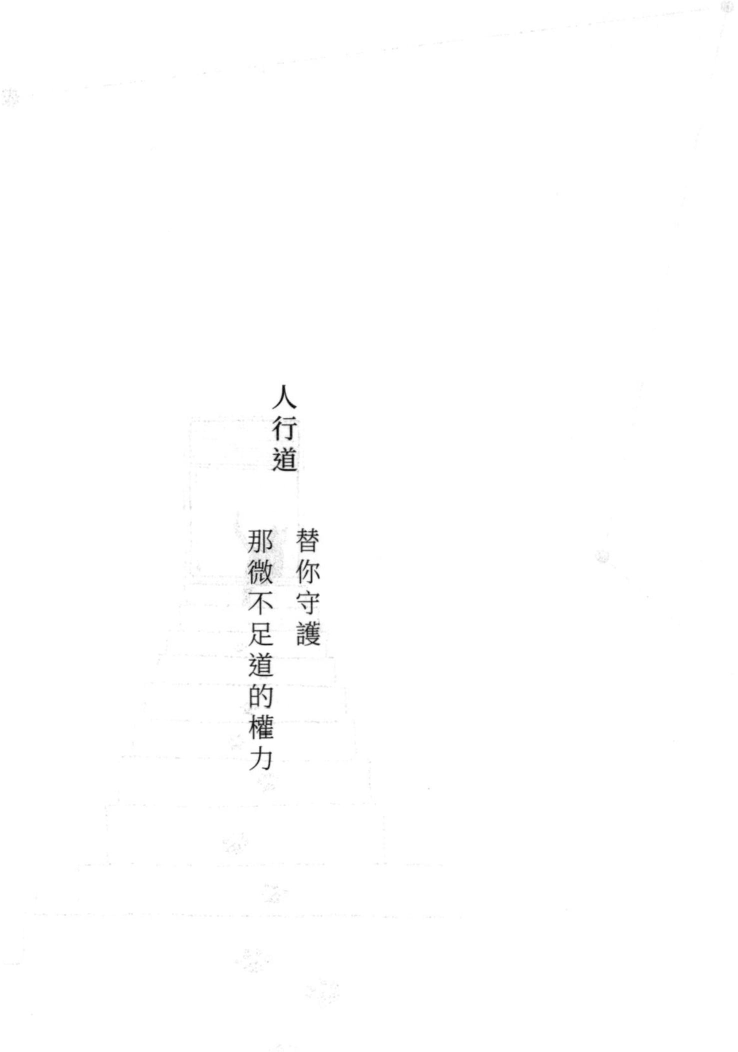

人行道

替你守護
那微不足道的權力

陳郁喬13歲

高樓

彭意涵 14歲

站在更高的地方
真能看得清楚嗎？

馬路

繁榮的洪流
何時才能抵達慾望的盡頭

柳舒甯 14歲

路燈

葉肯嘉 16歲

你用孤單
照亮了我的寂寞

河流

江承希 15歲

贈予文明的起源
帶走文明的剩下

玻璃窗

張晴瑜 18歲

赤裸地盼能被你看透
在你的倒影之後

衣服

原來，溫暖
是你習慣我的依賴

蔡博雅 16歲

〈自動門〉

見到人就打開自己

卻從來沒有人為你停留

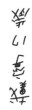

戴寧17歲

曾子玄 17歲

藍白拖

憂鬱而純淨的步伐
尋找另一雙遺失的，鄉愁

鞋帶

幾次的相遇又離別
總到結局才發現我們屬於彼此

錶

吳香翎 14歲

你的每一小步
推著我跨出每一大步

鑰匙

將心一層層關閉
再一層層打開，你不累嗎？

彭意涵 13歲

車道分隔線

張沁妘14歲

讓你規矩的走上
我要的方向

電視

呱噪的你
只為掩蓋黑鏡中的孤影

黃淩偵 17歲

監視器

冷眼
旁觀

簡成翰 14歲

搖椅

晃動的思念
在你離去後持續迴盪

王苡儒 14歲

〈診所〉

我真是有病
才會看上你

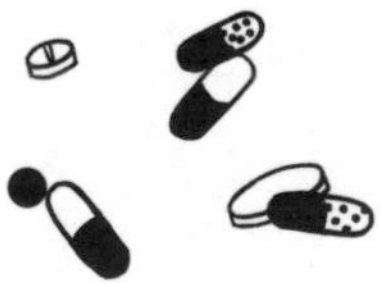

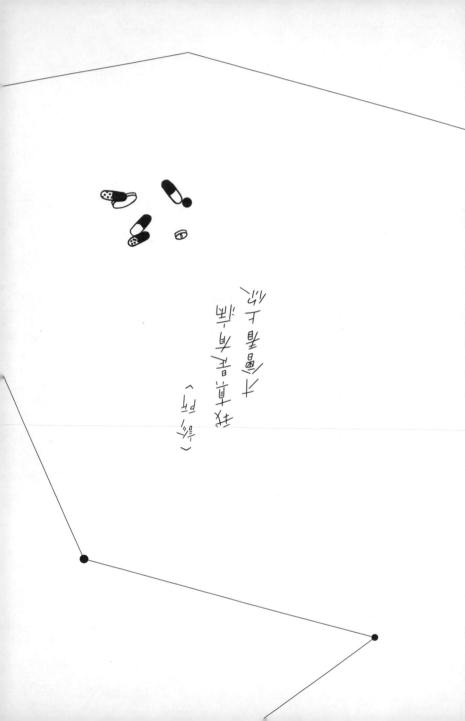

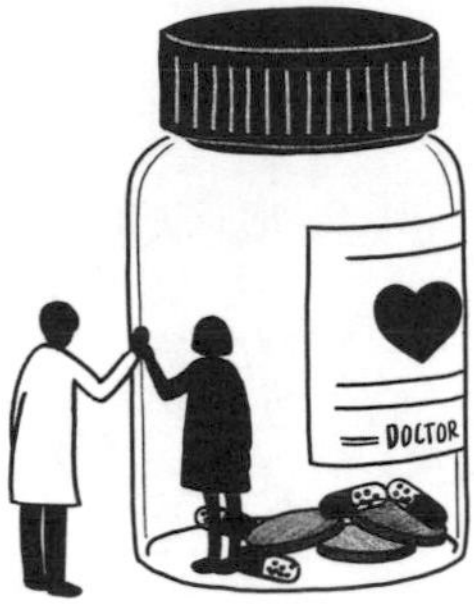

蕭子瑜 18歲

馮粲靖 17歲

超齡老木桌

是人類虛榮的私慾滿足
抑或你大方地遺愛人間

柱子

粗壯的手臂
能否繼承，盤古的遺願？

簡定庭 15歲

床

陶璟琪 15歲

沉澱現實
夢境才能恣意翱翔

書包

知識的行囊
沉重了青春的翅膀

周德栩 15歲

雙人床

柯依潔 13歲

二個人的甜蜜
隨著夢再次相遇

路燈

多雲的夜裡
我做你的月亮

林佩妤 16歲

玻璃櫥窗

楊霆奕 15歲

你看透了我
但你想看的，從不是我

相片

不容許任何悲傷的記憶
你總是笑著

高嘉濃 17歲

楊倢綺 16歲

橡皮擦

我因你的錯而生
也因你的錯而死

候車亭

尚未進站
時光卻早已啟程

謝湄君 18歲

亮孩群（依姓氏筆畫排序）

王苡儒	王媜妍	古月岑	朱晏祺
朱鈺騰	江承希	何其駿	何慕昀
余亮晨	吳香翎	呂芹安	李　廿
李佳謙	李冠穎	李冠諭	李婷穎
周昀妍	周姮均	周德栩	林佩妤
林佳伶	林奇陞	林芯平	林芸安
林思瑀	林煦洋	邱語彤	侯姵榛
姜欣蕙	柯依潔	柳舒甯	范筠筠
范綱晏	高嘉濃	張于文	張沁妘
張采文	張　傑	張晴瑜	張　靖
張靖晨	許肇益	許叡昇	郭以晴
郭佾昊	陳玟蓁	陳品蓁	陳昱瑋
陳苡溱	陳郁喬	陶璟琪	彭意涵
曾子玄	曾子容	曾和謙	馮栴祺
馮粲靖	黃品蓉	黃家騫	黃淩偵
黃敬媛	黃暐智	黃竫恩	黃譓娟
楊倢綺	楊凱茵	楊霆奕	葉肯嘉
雷子頡	廖昱恩	劉侑晉	劉吝佑
蔡子彤	蔡君霈	蔡博雅	蔡僑陽
鄭禹竑	蕭子瑜	戴　寧	謝有童
謝湄君	簡子茸	簡成翰	簡定庭
顏定緯	魏宥芸	羅奎翔	蘇奕旻

詩星 01
詩控城市

作者　亮孩
總編輯　彭瑜亮、陳品誼
出版行政　林子又
發行人　彭瑜亮
設計　郭小嬋
手寫字　麥娟孟、江喬淋、詹茵卉、黃玥勳
出版　亮語文創教育有限公司
地址　302 新竹縣竹北市光明六路 251 號 4 樓
電話　03-558-5675
電子信箱　shininglife@shininglife.com.tw

印刷　漾格科技股份有限公司
總經銷　大和書報圖書股份有限公司
初版一刷　2019 年 12 月
初版四刷　2023 年 6 月
定價　280 元
書號　AB002
ISBN　978-986-97664-1-8

國家圖書館出版品預行編目 (CIP) 資料

詩控城市 / 亮孩著 . -- 初版 . --
新竹縣竹北市 : 亮語文創教育 , 2019.12
面；　公分
ISBN 978-986-97664-1-8（平裝）
863.51　108017262